KB260934

진진욱 제5시집

비에 젖은 40계단

한누리 미디어

국립중앙도서관 출판시도서목록(CIP)

비에 젖은 40계단 : 진진욱 제5시집 /지은이 : 진진욱. -- 서울 :
한누리미디어, 2011
    p. ;   cm

ISBN 978-89-7969-394-2 03810 : ₩8000

한국 현대시 [韓國 現代詩]

811.7-KDC5
895.715-DDC21   CIP2011003220

제1부 _ 떠나는 者의 예언

차례

제2부 _ 바닷가에서

제3부 _ 낙엽 지듯 지는 이별

차례

제4부 _ 바람의 무전여행

제5부 _ 빛을 거부하는 이유

차례

제6부 _ 무소불위의 세월

제1부 _ 떠나는 者의 예언

이 지구상에서 찾을 수 없었기에
떠나는 자의 예언/ 님에게/ 생명/ 정이 발효되면
장미꽃/ 불사조가 아니라서/ 시 · 1/ 시 · 2
허무/ 기다려서는 안 될 기다림/ 나의 구두에게
먹구름/ 자연에게 자수를/ 새장가게 앞에서
귀뚜라미 보일러/ 정념/ 발아의 달

이 지구상에서 찾을 수 없었기에

어느 날 문득 목련꽃을 닮은 그녀를 생각하다가
키 낮은 목련 묘목을 구해 대문 옆에 심었다
까짓것, 삼십년도 더 기다렸는데
5~6년쯤이야!
5년째 되는 초봄부터 아침에 일어나면 목련나무를
세세히 살피는 습관이 들었다
6년째도 소식 감감
그해 겨울부터는 마음이 부산해졌다. 새해가 밝기를
내 생각이 족집게였다
그녀는 목련꽃 선녀가 되어 많은 친구들과 함께
나를 찾아왔다
2011년 3월 18일
사람으로 나타났으면 얼굴에 주름투성이일 나이
아! 너무 젊고 아름다워 차마 만져볼 수가 없다
오랜만의 행복에 취해 정신이 혼미해질 무렵
그녀가 나직이 말을 건넸다
'지상에 오래 머물 수 없으니 지금의 행복
가슴 속에 가득 채워 둬라' 고
김장 김치 꺼내 먹듯
그래, 오래 오래 이 행복 누리려면 서둘러야지
목련꽃 선녀여, 아니 나의 옛사랑이여!

당신이
일 년 후 다시 올 때까지 나 절대 외롭지 않을 거야
시샘바람 불기 전 미리 안녕부터 고해야겠네.

떠나는 자者의 예언

세상에는 지금도 수많은 터널이 뚫어지고
이후에도 이에 못지않게 뚫어질 것이다
그런 터널들과 내 삶의 터널을 연결한다면
난 여태껏 컴컴한 하수구에 갇혀
영문도 모르고 살고 있는 것이다
그런 까닭에 별 같은 별을 보지 못했음에
나는 지금 죽음의 열차를 타고
어느 간이역에 내릴지도 모른 채 가고 있다
내가 내릴 간이역, 아니
환승역이 불과 몇 코스 남지 않은 것 같다만
지상에서 활보하지 못할 바에야, 흙 속에서
미물들과 함께 서둘러 환승하고 싶다
터널 뚫기 좋아하는 귀족들이여
나의 예언에 침 뱉지 말라
나는 처음 생겨날 때부터 이럴 줄 알고 터널을
택했으니, 나의 예언을 함부로 무시하지 말라.

님에게

한적한 시골
집주인 이름도 모르는 울타리에
꽃으로 피어날 수 없겠느냐

새들만 지저귀는
양지쪽 언덕에 네 살포시
꽃으로 피어날 수 없겠느냐

아니면 내 집
빈 화분 하나 마련해 놓는다면
너 혼자 고개 내밀 수 있겠느냐

인간으로 다시 돌아올 수 없다면
내가 가장 좋아하는 나팔꽃
나팔꽃 되어

역겨운 인간살이
일 년에 한 철만이라도
네가 내 곁에 있어 주면 좋으련만

영원히 곁에 있어 주지 못하더라도
넌 뿌리가 있기에
봄마다 헌 번쯤은 만날 수 있으니까.

생명

봄이면 다들 피는 꽃인데
나만 기죽을 수 없지

대문 옆 깨어진 블록 틈 사이
꽃술 없는 꽃이 피었다

와이셔츠 단추만한 노란 꽃
그도 내 이름을 모르듯
나도 그의 이름을 모른다

다른 잡초들은 뽑혀 나갔는데
그게 왜 눈에 안 보였을까

나를 깨우치게 하려고?
버려진 몸 업신여기지 말라고!

그는 내게 어울려 사는 법과
생명 존중을 일깨워 주었다.

정情이 발효되면

내 마음 깊숙이 파묻어 놓고 떠난
그대 정
수십 년 지나오면서 그리움으로 발효되어
밤만 되면 미치도록 퍼 마십니다

그 뒷맛에 끌려
나는 나를 잃은 지 오래
밤이 오고, 또 밤이 오면
나는 보이지 않고 그대만 보일 뿐입니다

어둠과 밝음이 서로 맞물려
하나의 빛으로 세상을 밝히듯이
바다와 하늘이 맞붙어
태고의 신비를 고이 간직하고 있듯이

나를 찾아 주세요
나를 붙들어 매어 놓고
죽음의 문턱을 넘어설 때까지
그대, 내 곁을 떠나지 말아 주세요

장미꽃

돌담에 기대선 그녀
행인들은 그의 미모에
눈길만 보낼 뿐
누구 하나 용기를 내지 못한다
보면 볼수록 눈부시게 아름다운 모습
천상의 낭군들이 밤마다 내려와
이슬만 맞고 되돌아간다고
거절의 선입견에 질린
바보 같은 사내들의 발길
나는 그녀에게 말을 건네 보았다
향기를 보내며 미소를 짓는 그녀
창녀가 아님을 짐작케 한다
녹아내리는 심장을 안고
냅다 그녀에게 안겨 보았다
태양보다 붉은 심장이 뛰고 있었다.

불사조가 아니라서

바람이 앞에서 끌거나 뒤에서
밀어붙이는 판국에
주저앉아 한 번쯤 쉴 틈도 없이
나는 앞으로만 끌려가고 있다

시계 눈금을 하나하나 밟으며
징검다리 건너듯 건너
몰매를 맞아가며
'멈춤' 표시판을 향하여

불사조의 꿈을 버린 지 오래
감각이 고무줄처럼 늘어지고
관절에서 악마의 소리가 들려도
시계의 눈금을 피해 갈 수 없다
삼복에 개들이 걸어간 그 길을.

시詩 · 1

내가 나를 잃을 때 너는 나를 구출하고
네가 꿈에서 깨어나지 못하거나
기절할 때면, 나는 너를 구해낸다.

고요한 밤, 고요 이상으로 너를 만나고
쓸쓸히 눈물 적실 때 너를 만나며
길을 잃고 헤매어도 너를 만나지

세상에서 오로지 하나인 나의 알몸과
일상을 익히 알고 있는 너
이봐, 불면증이 널 보면 안달을 한다네

친구 같은 시여! 여행을 떠나면 어떨까
아주 느린 열차의 구석지기에 앉아
나는 봉지가 되고 넌 풍경을 퍼담으며

벌써 새벽 세 시
조금만 기다리면 해가 솟아오르겠구나
친구야! 오늘은 가까운 앞산에나 오를까.

시詩 · 2

시야! 어서 빨리 일어나 보거라
입에 칼을 문 불면증이 내 머리맡에서
아주 무섭게 노려보고 있단다

일어난 김에 우리 입 한 번 맞춰 볼까
불룩한 네 젖가슴을 만져 보니
팬티 속까지 더듬어 보고 싶구나

이승 저승이 따로 있다 말들 하지만
어디 간들 너를 잊으며
죽어진들 어이 너를 사랑하지 않으리

나를 괴롭게만 하는 이승
나를 쓸쓸하게만 하는 이승
비천상 같은 너를 만나 다행이란다

나는 담배를 피우고
너는 담배 연기를 타고 재롱을 부리니
우리 둘 다, 두 살박이 아이 같구나

서로 헤어지면 낭패날 일이지
시방세계 어디를 가서 무엇이 되더라도
사랑하자 우리, 그냥 이대로.

허무

꽃이 진 자리에
멍울이
멍울진 자리에
허무가

가장 아름다운 것이
가장 추하게 남을 때
우리는 그제서야
자신의 추함을 안다

모두여! 애태워 가며
꾸미려 하지 말자
철이 들어, 세상을
제대로 알 때까지

꽃이 피지 않는 나무는
꾸미지 않는다
그 아름다운 사실을
나무에게 물어 보라

처음부터 끝까지

치장을 않는 이유
그것이 더 아름다우니까
오래 가니까.

비에 젖은 40계단

기다려서는 안 될 기다림

아버지 떠나실 때가 언제쯤일까
어머니 떠나실 때가 언제쯤일까
양 손가락 합쳐 봐야 겨우 열 개
손꼽아 기다려진다
야속한 세월, 기다려진다
열 달일까
열흘일까
열 시간일까
다 꼽고 나면 후회막급
발 굴려 봐야 무슨 소용 있담
손가락 하나, 하나
디지털로 꼽혀 가는데
아버지 무얼 원하오니까
어머니 무얼 원하오니까
평생 진 빚
어이 갚으오리
어이 갚으오리
마지막 손가락이나마 빳빳하게
굳어 있어 준다면
저승길 자갈이라도 치워 드리러만
야속한 세월 기다려진다

기다려서는 안 될 기다림
두근두근 손꼽아 기다려진다.

나의 구두에게

800그램밖에 안 되는 체중인 네게
나의 몸무게 70킬로그램＋개똥팔자
＋3330킬로그램＋그리움 6600킬로그램
총 10톤의 거대 과중을 네 머리에
이게 한 것도 모자라
나, 기분 나쁘면 심심찮게
길바닥에 있는 돌멩이에 네 주둥이까지
들이박게 하나니
이, 미련한 중생아!
인정머리라고는 하나 없는 나를
이고 다니느라 얼마나 고달프냐?
네 몸 밑바닥이 다 닳도록 아부해 봐야
훈장 하나 받기는커녕
나중엔
저승 술 한 잔도 못 얻어 마시고
쓰레기 봉지에 들어갈 운명임에
밤이면 너와 나, 떨어져 있을 때 제발
제발, 도망 좀 쳐 봐라!
이 멍청한, 한심하고 참 답답한 친구야.

먹구름

하늘에 떠돌던
구름떼들이
비상소집

죽으면
지옥으로 갈지도
모른다고

한꺼번에 투신
강이나 바다에서
영원히 살자한다.

자연에게 자수를

자연을 지배하려는 인간들
오산이다
돌대가리다
인간들은 바다를 메워 나가고
바다는 뒤질세라
하얀 물거품을 일으켜 더러운
인간들의 양심을 세척하려
해일까지 불러 모은다

지구의 심각한 오염으로
오존층에는 구멍이 숭숭
인간들을 향해
투망 치듯, 폭풍이 황사를
수시로 펼쳐댄다
봄과 가을이 압축되고
여름, 겨울은 미쳐 날뛰니
생태계의 존폐가 의심스럽다

이쯤에서 인간들은 자수하라
기회는 기다려주지 않는 법
神을 모시듯

목욕재계하고 사죄하라
무쇠를 녹일 만큼 빌지 않으면
모두가 죽느니
어버이를 어찌할 셈이냐
자식들은 또 어찌할 셈이냐.

새장가게 앞에서

마음대로 날지 못하고 갇혀 있어도
새장 속의 새는 평화로워 보인다
부리에서 꽁무니까지
귀엽지 않은 곳이 없어서일까

스스로 새장을 지어 제 발로 기어든
난 이제 깃털 빠진 추한 새
넌지시 꾀꼬리를 바라보며
운명의 점을 쳐 본다

수다스런 꾀꼬리
수많은 새들을 두고
그 쪽만 바라보는 이유는, 한 때
내 곁에 있었던 그 꾀꼬리 생각에

귀여운 것은 속내에 문제가 많지
그 속성을 숨기기 위해
겉모습을 달리 했다는 사실에
다시 선택하라면 까마귀를 택하리

그를 날려 보낸 후

나의 새장에는 문이 없어졌다
통제 없는 자유, 되찾은 나의 존재
내 삶의 산정山頂에 깃발이 나부낀다.

귀뚜라미 보일러

입이 얼어붙은 한겨울 귀뚜라미
울음소리가 비정상이다
음경에 긴 호스를 끼워 안방, 작은방
주방과 거실
뜨거운 오줌발 힘겹게 돌리고 있다

세상의 무수한 극과 극
눈보라치는 바깥에서 떨고 있는 그와
안방에서 두 다리 쭉 뻗고 누운
참담한 극과 극
슬픈 영화의 필름이 쉴 새 없이 돈다

여름철에는 뜨거운 햇살에 기가 죽어
울음도 오줌도 죽은 듯 멈춰 있던
귀뚜라미
간혹 음경 꼭지를 틀면
에이즈 현상을 직감하게 하는 놀라움

들이키는 것마다 오줌으로 배설되니
살이 찔 리가
비듬이 일어 까칠까칠하게 드러난 속살

한겨울을 넘기는 숨소리가 힘겹다
천 길 빙산을 타오르는 귀뚜라미 소리.

정념

와글와글, 비릿하고 시끄러운
내 마음은 항구다

멱살 쥐고 싸움박질하는
내 마음은 정치판이다

총알과 포탄이 빗발치는
내 마음은 전쟁터다

얄팍한 수를 써서
빠져나가고 싶지만
내 마음은 이들의 밑바탕

헐렁한 공간에서
행복을 누렸다면, 왜
자율신경 실조증이겠는가

항구는 폐쇄되고
정치판은 푸른 양탄자를.
적군이여! 흰 깃발을 올려라

나는 오로지 고요를 바라나니
이제 그만
나의 정념을 뒤흔들지 말아다오.

발아發芽의 달

2월은 발아의 달
아리도록 바람이 핥고 간
나무껍질에도
까칠까칠한 나이테 하나 더 두른
우리들 가슴에도
새로운 한 해를 맞기 위하여
더 밝은 태양을 맞기 위하여
아무도 모르게 초경을 치르는
2월은 발아의 달

어금니 한 번 더 악다물어 보는
출발선의 각오
2월은 무대를 가린 첫 막
막이 오르면
대자연이 연이어 깨어나
3.1독립만세 같은 함성이
온 산천과 거리와 바다에 퍼져
동백꽃만이 눈언저리 붉힌 채
아쉬운 듯 사라질 뿐
모두는 색깔과 향기를 뿜어대며
맘껏 나래를 펴리라.

제2부 _ 바닷가에서

비에 젖은 40계단*

경상도 아가씨가 밤을 새워 울고 있다
갯바람이 쉴 새 없이 밀어닥쳐도
못 박힌 듯 수십 년을 떠날 줄 모르고
살점 없는 뼈대로 비스듬히 기대 누워
때로는 울다가 때로는 부서진 순정을
뿌옇게 흩날리기도 하는
아파라 아파라
뭇사람의 발길에 밟히는 그녀보다
그녀의 등을 밟고 오르내려야 하는 내 가슴이
더욱 아파라
살이 찐 저 갈매기는
누구의 소식만 물어 나르는지!
뱃고동 소리에 속뼈까지 축축이 눈물 젖는
사십 계단
내가 대신 그 날 그 사람이 되어줄 수 있다면.

*부산시 중구 중앙동에 있는 40계단은 6.25동란 때 피난민들의
유일한 만남의 장소였으며, 지금은 노래碑 〈경상도 아가씨〉가
세워져 있고 주변은 소공원이 조성되어 그 시절의 아픈 추억들
을 고스란히 담고 있다.

바닷가에서

갯바위에 앉아 파도의 이야기를 듣는다
바위에 부딪혀 구성원으로 돌아가지 못하는 물 알갱이는
사람의 임종과 같단다
그들은 죽은 자를 뒤로하고 아무 슬픔 없이 돌아서고
또 다른 파도가 와서 똑같은 장례를 치르고 돌아간단다
나의 바짓가랑이 곳곳에서 물의 주검들이 천도를 기다린다

백사장에 앉아 파도의 이야기를 듣는다
잔잔한 물결끼리 바다에서 연애를 하다가 발정나면
파도가 되어 백사장에 와서 성관계를 한단다
훤히 드러난 정자와 난자들
그것으로 조개의 살이 되고 게와 고동의 살이 된단다
우리는 그런 줄도 모르고 그들 속에 알몸을 들이댔다

파도는 이야기한다 세상살이가 사람과 다름없다고
감정 또한 그렇다고
더러 보아 왔지 않느냐고 물어 온다
하늘과의 쿠데타며 지상과의 쿠데타며 데모 등등
온화할 땐 오히려 사람들보다 낫다며 더듬더듬 얘기를
하다가, 미역과 고기를 줄 테니 오폐수를 흘리지 말란다.

산에게

호수를 들여다보며 머리를 빗질하고 있는
산이 좋아라

밟혀도 흐느끼지 않고 상처 위에 꽃을 피우는
산이 좋아라

옳은 님 여기에 두고 나 여태 거리에서
헛수고만 하였네

얼마나 애타도록 기다렸으면
아침부터 면사포를 쓰고 나를 반길까

그대 이름이 산이라서 그대 품에 안긴 나도
절로 산이네.

바람아 친구야

바람 불어 좋아라
굳어 있는 내 마음 흔들어 줘 좋아라
바람 불어 좋아라
내 마음 숭숭 구멍 뚫어 줘 좋아라

내 어머니 젖내음 물어다 줘
고마운 바람
떠나간 님 분내음 물어다 줘
고마운 바람아

나 태어날 때
맨 먼저 손 잡아준 친구
나 떠날 때도
맨 나중 손잡아줄 친구야

살아서는 네게 보답할 것이
아무것도 없기로
죽을 때 내 몸에 든 바람
네게 다 바치겠네.

어느 식당

그 식당에 가면
뭐든지 다 맛있어 보인다

갈 때마다 구수해 보이는
차림표에 없는 그

배 터지게 먹고 난 뒤에도
허전한 공복감

문밖에 나서기만 하면
단물 같은 침이 꼴깍꼴깍

그 식당에 가면
암여우가 제일 먹고 싶다.

봄날

어제는 진종일 하늘이 땅에게 엎드려
애원의 눈물을 질금질금 자아내더니
하룻밤 사이 저 많은 꽃들이 태어난 걸 보면
파격적인 정사를 펼쳤나 보다

나에게도 눈물로 구걸해 볼 여인이 있다면
이참에
나비떼 와글와글 색색으로 낳자 하여
근사한 천국 하나 꾸려 볼 텐데

밤마다 계속 하늘과 땅이 만나기로 했나 봐
오늘은 서둘러 별들을 띄우고
달을 띄우고
숲속 군데군데 앰프까지 매달아

저렇게 설치다가는 며칠 못 가
아낙은 몸살 나 드러눕고
비실비실 남정네 황천길 떠난 자리에
새끼들만 풀이 죽어 고개 떨구고 있겠다.

바람은 홀로 떠나지 않는다

뒷걸음질이 불가능한 그에게 하늘이 내린 배려일까
함께 떠날 동반자가 없으면 잠자는 꽃대를 흔들어
꽃잎과 함께 떠나고, 어떨 땐
카페 창문 틈으로 들어가 주인 몰래 차향을 구슬려
차향과 함께 떠나고

지난 여름날, 파도를 데리고 간 바람은 수평선 너머
어디메 소라집 지어 살 붙어 지낼까
그리움의 속살인 내 담배연기를 데리고 간 바람은 또
어디메 산야에서 안개꽃 꺾어 머리에 꽂아주고 있을까

등나무를 흔들어대다가 내게 들킨 가을 바람
이파리가 꼼짝 않는 걸 보면 저 엉큼한 것이 숨었겠다
나 그만 모른 척 자리에서 일어설까 하다가도 머뭇머뭇
망설여지는 건, 늘 혼자인 나를 약 올리는 것만 같아
만난 김에 숨통이라도 죄어 혼내주는 것도 좋을 성싶어.

진진욱 제5시집

석류의 계절

해마다 잊을까 봐 석류꽃 피어
우물가에 물 긷는 울 엄마 보이고
두레박 들고 뒤따르는
까까머리 나도 보인다

살랑대는 바람에 꽃향기 퍼지면
그물코 꿰매는 울 아부지 보이고
마실 갔다 돌아오는
울 할매 보인다

열매가 떨어지고 잎마저 지고 나면
계절은 무안한 듯
소리 없이 사라질 텐데
꽃 다시 필 때까지 고향 생각 또 잊겠네

대숲

간밤에
대숲서 들리던 속치마 벗는 소리

햇살에 드러난
뚝뚝 흘려 놓은 투명한 저 정액들

바람의 소행인가
별들의 소행인가

몸살인지 부끄러워서인지
반나절이 넘도록 일어나지 않는 대(竹)

정사를 아나 보다
저만치 숨어 얼굴 붉히고 있는 죽순.

동백꽃

어미 동백이
애기 동백더러
애야!
날이 춥기 전에 어서
세상 나들이 잠시만 하고
서둘러 돌아오너라
싫어, 엄마하고 같이 갈래…
아니야, 나는 좀 더 기다렸다가
세상이 꽁꽁 얼면
가난한 사람들의 온몸을
내 불꽃으로 녹여주고 와야 해

신생아를 함부로 내다버리는
미혼모들이여!
동백꽃 가족의 이야길 듣고도
가슴 뜨끔거리지 않느냐
신생아는 오감이 발달되지 못해
하늘이 대신, 보고 듣고
그 죄목 하나하나를 챙김이니
순간의 죄로 인하여
죽어서 4억 3천 2백만 년 동안
그 죗값을 갚아야 하느니라.

정情

늦여름 날 매미울음은
귀뚜라미가 새겨듣고

기생 매창의 흐느낌은
내 이미 알고 있거늘

헤집는 이 설움 뉘 알리까
천 년을 운들 뉘 헤아릴까.

어미에게로 돌아가는 넋

잎새들은 늙어 주검으로 떨어져 나가고
귀를 에려는 바람과 맞선 아비는
한겨울 내내 첨병이 되어 맨살로 서 있다
사람들의 넋과 달리
잎새의 넋은 어미가 기다리는 뿌리로 간다
바깥에서 겪은 일들 하나도 빠뜨리지 않고
어미의 무릎에 누워 다 일러 준다
아비가 부를 때까지는 행복한 땅속살이
잔설이 녹으면 퉁퉁 불은 어미의 젖을 빨며
수액을 보충한다
치매에 걸린 개나리 아비가
한겨울에 잘못 불러내어 혼쭐난 개나리
어미에게 되돌아가 아비를 걱정한다
잔설이 자취를 감추면 아비는 서둘러
땅속에 기별을 하고
어미는 바삐 어린 넋들의 봄 채비에 분주하다.

바다의 분노

파도가 옆 파도에게로
옆 파도가 또 다른 파도에게로
릴레이식 전달을 한다

어부들이 식솔들의 목을 치거나
산 채로 잡아 가두어 간
그들의 삶터인 항구를 덮치잔다

돌섬에 모인 파도들이 몇몇 날
맹훈련을 거듭
단련된 체력으로 항구를 습격

창자까지 토해내는 항구를 보며
대군들의 승전가勝戰歌는
쏴-아, 쏴-아 그칠 줄을 모른다.

원동역

기적소리 울릴 때마다 우-우 깨어나
간이역을 꿰뚫어보는 매화꽃 무리
멈추는 열차는 눈에 띄지 않고
쏟아 붓는 봄 햇살에 시선만 타 든다

몇 천 번을 태어나야 님을 만날까
꽃향기 퍼뜨려 여기 있다 하여도
찾아오는 이 아무도 없어
까치가 대신 목젖을 찢어댄다

빗줄기 쏟아져 떠나야 할 시간인가
가슴에 박힌 응어리 저마다 하나씩
송골송골 가지 끝에 매달고 있는
원동마을 매화꽃.

터널 속에서

누이 집에 갔다가 휴대폰을 놓고 왔다
60을 넘어서면
흔히 있을 수 있는 일이겠지 하고
걸어서 터널 속 좁은 보행로를 따라
되돌아 누이 집으로 간다

내 앞에 세 사람이 걸어가고
중간쯤 가다가 뒤돌아보니
아무도 따라오는 이 없다
순간, 곁눈길에 내 옆으로 누군가가
앞질러갈 듯하여
난간 쪽으로 몸을 약간 비껴 주었다

몇 걸음 가다가
앞질러갈 사람이 추월하지 않아
다시 뒤돌아보니 아무도 없다
또 몇 걸음 나아갈 때쯤
역시 내 옆으로 또 한 사람이 따른다

휙, 터널 벽 쪽으로 고개를 돌려 보았다
괘씸한지고, 내 그림자 아닌가!

터널 천정 양쪽으로 띄엄띄엄 박힌
전등들이 장난을 치고 있었다
그럼 그렇지, 이 나이에 벌써 치매라니.

비에 젖은 40계단

사노라면

진정한 삶이란 계절과 같아서
진정한 삶이란 날씨와 같아서
꽃피는 계절이 있는가 하면
꽃이 지는 계절도 있고
궂은날이 있는가 하면
눈부시게 맑은 날도 있듯
하나도 다를 바 없는 삶이란 존재

꽃이 지면 애정으로 꽃을 피우고
궂은날은 맘속에 태양을 띄워라
잔잔한 호수의 백조를 보노라면
세상에서 제일 행복해 보이지만
물결이 거세지면 몸 둘 바를 몰라
안절부절 떨고 있어
사노라면 모든 것이 이와 같나니.

밤의 실루엣

을씨년스런 겨울 바닷가
백사장 철길 따라 3등 열차는
숨을 몰아가며 달리고

바다만은 숨통을 열어 놓고 있는데도
나만은 숨이 차다
험한 파도를 넘고 넘어
그녀가 내게로 오고 있기 때문에

그녀의 나이도 내 또래가 되었으니
시력이 좋지 않겠지
가까이 왔다가는 되돌아가는 걸 보면
나의 모습이 희미해졌을까!
그녀도 믿기지 않는지 몇 번을 왔다가
돌아서기 일쑤다

치맛자락을 끌며 인어공주처럼
불쑥불쑥 나타나는 그
물속으로 뛰어들어 안아 보고 싶지만
아니면 어떡해, 아니면 어떡해!
시간은 점점 모래 속으로 숨어들고
다음 열차에 나는 몸을 실어야 했다

동장군과 정치장군

가을 산을 치밀하게 불태운 동장군들이 예리한
단검을 갖고 남단까지 점령했다
동장군은 칼을 휘두르는 것이 아니라 밤송이에
가시 박히듯 온몸에 고정, 육검전으로 공격한다
거리에는 온갖 나무들이 사시나무 떨듯
떨어대고, 그 여파에 도시와 농촌
어디라고 할 것 없이 온통 살을 찢는 고통에
잠겼으며, 보일러 탱크에 기름 한 방울 없는
나의 처소는 미친 듯이 뒹구는 그의 전술에
간이 오들오들 손가락을 펼 수 없는 가운데
TV에는 얼어 죽은 노숙자의 자막이 기어간다

골과 혈을 짜낸 나의 시집이 훈훈한 서점에서
나를 염려하느라 얼마나 애간장을 태우는지!
하지만 동장군으로부터 살아남으려면
정면으로 맞붙어야 한다
벌벌 떨고 있던 물통의 물은 백색의 죽음 되어
새로운 이름으로 국어사전에 미리 올려져 있고
쉴 새 없이 맞불작전으로 대항하는 바다는
전투병으로 나선 파도를 제외, 내부는 온화하다
이 난리통에 우후죽순으로 피어 있는 동백꽃

동장군부대를 위한 횃불인지 모르나
진정 우리들을 챙길 횃불들은 국회에서 이전투구
짐승 먹따는 소리 끝이 없나니, 동장군이여, 만세.

제3부 _ 낙엽 지듯 지는 이별

바람의 연주

세상에 있는 모든 것들이 그의 악기이므로
바람은 언제나 어딜 가도 빈 몸, 빈 손이다
문풍지 연주, 만국기 연주, 갈대 연주 등
흥이 나면 날수록 거창한 연주
어찌된 영문인지 거창할수록 박수는 없다
바다와 배가 함께 뒤집히는 해일 소리
기왓장 떨어지는 소리
추락하는 비행기 소리
그렇게 훌륭한 연주에 박수갈채가 없다니
변덕스럽고 이기적인 인간들
연주가 끝나면 순식간에 사라지는 바람
그가 정열적인 연주에 빠져들 때는 인정 사정
피눈물도 모른다
김삿갓처럼 떠도는 그에게 혼쭐나고도
세상살이 답답할 때는 무척 그리워지는 그.

낙엽 지듯 지는 이별

가을, 가을이면
풀 한 포기 없는 자갈길만 걷자
우리들의 헤어짐을 생각해서라도
낙엽들의 헤어짐을 생각해서라도
살아오면서 헤어짐이 그 얼마나
많았든가
그때마다 가슴에
빈 구멍 하나씩 생기지 않았든가
가을, 겨울이면
가로수가 즐비한 신작로나
숲길을 걷지 말자
낙엽 하나 떨어질 때마다 가슴에
빈 구멍 하나씩 더 늘어나니까
그러다가
가슴 온통 구멍 숭숭 뚫린다면
아! 그 허무의 칸들을 무엇으로 채우랴
나는 이미
내 가슴, 빈 벌집으로 채워졌다
함부로 숲길을 너무 많이 걸었기에
신작로를 겁 없이 너무 많이 걸었기에.

선택 착오

이곳이 별이었다니
밤이면 기도하듯 간절히 가고팠던
이곳이 지구라니

사랑하는 모두를 헌신짝처럼 버리고
열 달 남짓한 숨막힌 이동
이 모양, 이 삶인 줄 알았다면

사람들이여 사랑하는 사람을 두고
밤마다 별들을 넘보지 말라
별보다 아름다운 건 사랑이란다

나는 나의 고집대로 왔기에
누구에게도 하소연 한 번 못하고
시력만 탓하나니

그렇게 아름다워 보이던 곳이
종교에 의지할 만큼
외로운 곳일 줄이야

이곳이 싫어 떠나야 되겠는데

어지러운 천체, 오늘밤 따라
무슨 별이 저리도 많다지

가을밤이면 어렴풋이 보이는 곳
마을까지 확인하려다
눈 따가워 또 떨궈 버린 별

한동안은 잊자
다음 가을이 다가올 때까지만
그래도 못 찾으면 나 어떡하나.

독백

밥상 위에 숟가락 하나
젓가락은 샤프 펜으로

숟가락에는 밥
샤프 펜에는 반찬 대신 시어_{詩語}

그러기에 나의 시집에는
영양가 많은 시어가 없어요
아끼려고 남겨둔 것이
이 모양, 이 꼴이에요

나의 시에서 감칠맛이 없으면
그래서 그런 줄 아세요
그렇지만 내 이름은 까먹어도
나의 시집은 버리지 마세요

바닷가에서 주운
소라껍질이라 생각하세요

찬거리 값이라도 보태드리겠다면
속 찬 소라를 골라 갖다 바치리다

나를 시인이라 부르지 마시고
시집만은 끝끝내 버리지 마세요.

안개는 넋이다

산 자와 다름없는 죽은 자의 넋
그들의 젯날은 불분명하다
짙은 안개가 몰려오면
산 자는 앉으나 서나 안절부절
과속을 삼가고 나들이를 줄여라
못돼 먹은 넋들이 함정으로
끌어들일지 모른다
술 한 병, 안주 하나 없는 젯날에
그들이 그 짓 아니면 무엇을 하랴
비상등의 촉수는 그들이 쥐고 앉아
높이지를 못한다
상여를 옮기듯 엄숙하게 나아가라
저 높고 푸른 하늘을 따로 두고
지상으로 내려선 이유를 알라
안개는 무리 지은 넋들이다
살아있는 모두에게 참회의 기회가
될지도 모르는 일
뿌옇게 모인 그들을 조심하되
참회와 함께 감사의 묵념을 하시라.

왜 사는지

낡고 초라한 셋방에서 왜 사는지도 모르고
살아가는 노인이여
독거노인이여!

나 역시 혼자기에 왜 사는지도 모르고
살아가긴 하지만
그래도 나는 노인보다는 좀 젊었나니

나는 당신을 위해 나를 없앨 수 있음에
노인이여!
아랫목을 데워 줄 장작이 되어 주리까.

나, 아무렇지 않으니
노인이여!
아궁이를 고쳐 연탄이 되어 주리까.

빈틈마다 칼날을 휘젓는 지독한 바람
나, 겁에 질려
벌벌 떨며 발만 구르고 있을 것이 아님에

노인이여!
조금만 기다려 주신다면
바다에 뛰어들어 태양을 건져 드리리다.

떠나는 가을

가을이 하늘에서 회를 치나 보다
노란 비늘과
빨간 비늘들이 우수수 떨어진다
옆 벤치에 앉아 있는 소녀 둘
약속이나 한 듯
비늘을 주워 코끝에 대어본다
비린내가 전혀 없어
회 생각은 못하고
비늘 고르기에 한창인 손길
군대 간 오빠에게
아니면
제 얼굴이 든 액자를 꺼내어
양쪽 귀밑
아주 고운 비늘 하나씩 달아
액자에 다시 끼워 둘 것 같다
하늘에는 가을이 먹다 버린
뼈다귀만 삭정이로 남고
마지막 만찬을 끝낸 가을은
서녘 하늘과 발갛게 취하여
어질어질 길을 찾아 헤맨다.

나뭇잎

봄비 따라 홀연히 왔다가
강렬한 여름 건너
솔솔 부는 바람 만나
이제는 모두 행복이라 하겠네

깊은 산골짜기까지 물들어
온산마다 그럴 것이
수목원과
섬에서도 앞 다투어 말하리라

사노라면 메마른 날에도
가슴 젖을 날 많아
애써 잊고 살자 고개 돌리면
내 시선 껴안아주던 나뭇잎

몇몇 날의 오르가즘
짧았던 행복
뿌리 깊숙이 아쉬움 남겨두고
가을비 따라 홀연히 떠남이여.

일요일의 속달 엽서

말일이자 시월 마지막 일요일 아침
바람이 내게 엽서 한 장 내밀고 간다
발신인도 수취인도 없는 엽서
혼자 사는 집이니까 수신처는 정확하다

아무런 문자 하나 보이지 않는 노란 엽서
발신 우체국이라도 물어볼 생각으로
고개를 들었을 땐 바람은 이미
건너편 아파트에 널린 남의 속옷들을
만지작거리며 되돌아설 생각을 않는다

상형문자나 암호문자 같은 것들이
돋보기를 혼란스럽게 한다
성한 곳이라고는 한 군데도 없는 엽서
한꺼번에 입은 상처가 아니다
옆구리에 구멍까지 뚫린 기막힌 사연
왜 하필이면 홀로 사는 내게 보내어
일요일 아침부터 나를
화두 속에 가두는 걸까

지난번 여름 강렬했던 자외선이

밀봉해 둔 내 삶을 투시도법으로 빼내
아무도 해독할 수 없도록
생의 그림자까지 정밀하게 낙엽에다
합성하여 속달로 보냈나 보다
이는 낙엽이 아니라 인생 파노라마
내 살아온 필름 원본이 틀림없다.

73

고독한 자를 위한 노래

차마 눈물 보이지 못해 속으로
속으로만 몰래 우는 고독한 자들이여
눈물 왈칵 쏟고 싶은 날은
바람 부는 가을 날
숲으로 가자
우수수 떨어지는 낙엽, 눈물이라 여기고
때를 맞춰 목에 걸린 통곡
부끄럼 없이 토해내자
가을이 떠나면
숲이 지면
산더미보다 무거운 고독에 깔려
숨 막혀 어이 살렴
우리도 처음부터 나무였다면
저들같이 훌훌 벗어 버리고 벗은 만큼
현을 캐며 봄이나 기다릴 걸
고독은 암이다 늦기 전에 숲으로 가자
모두가 낯선 창백한 얼굴들
허물과 부끄럼 없이
목덜미 빠지도록
못 다한 통곡 후련하게 토해내고 보자.

• 진진욱 제5시집

고독의 해법

내게는 하나뿐인 찻잔
누구 찻잔 하나 갖고 오신다면

내게는 하나뿐인 방석
누구 방석 하나 갖고 오신다면

그대는 가만히 앉아만 계세요
커피쯤은 나도 만들 수 있으니까

별을 헤아리다 잊어버리기 일쑤
둘이라면 그럴 리 없겠지요

코앞에 꽃이 있어도 무슨 영문인지
아무 향기가 없어요

혼자서 밟는 낙엽은 그냥 바스락
둘이라면 리듬이 아름답겠지요

창문이나 흔들어대는 바람은 싫어요
누구 와서 나를 흔들어 주어요

천둥소리 들리면 무섭지 않던가요
내가 있잖아요, 남자인 내가.

땅 끝 종착역

하행열차 무궁화야, 종착역을 뚫고서라도
파도를 헤치며 바다로 내달리자
깃대가 없다면
내가 네 등 위에 올라 빳빳이 서 주마
깃발이 필요하다면 바지를 벗어
양손에 가랑이 하나씩 붙들고 있으마
종착역에서 만약 네가 숨소리를 멈춘다면
나는 죽은 몸이나 마찬가지
나만이라도 바다로 가서 인기척을 내면
잠든 물새들이 일제히 일어나
반갑게 맞이할 건 뻔한 이치지만
네가 내달릴 수 없듯, 나 또한 그러하여

천적 같은 집
아무도 맞아줄 이 없는 허름한 외딴 가옥
몇 년째 동거하고 있는 가옥의 고독이
떨어지는 낙엽을 헤아리며 늦은 밤까지
내가 안고 다니는 나의 고독을 기다리며
잠 못 이루고 있음에
고독들을 위해 나는 다시 전철을 타야 하네
갓 넘은 자정

진진욱 제5시집 >>

열쇠를 풀고 현관문을 여는 순간, 가옥의
고독이 내 고독을 끌어안고 한동안 썰렁한
포옹에서 떨어질 줄 모르다가 스토브를 켜자
지칠 대로 지친 두 고독이 녹아떨어지네.

피라칸사스

외로울 땐 하늘을 바라보지 말자
눈물이 별빛을 타고 올라
밤안개를 퍼뜨리니까

외로울 땐 숲을 가까이 하지 말자
낙엽이 떨어질 때마다
눈물 뚝뚝 떨어지니까

그들까지 외롭게
떠도는 미아로 풀어놓아 될 일인가
녹여낸 애간장을

피라칸사스 열매를 보라
가을에서 늦겨울까지
울음 터뜨리지 못해 붉도록 응고된

외로울 땐 무리 지어 기다리고 있는
피라칸사스 나무 곁에 가서
그들과 한꺼번에 눈물 왈칵 퍼붓자

물기가 발려 더욱 짙은 황홍색 열매

새들이 먹어치울 때까지는
한동안 외로움 잊고 그들과 함께 하자.

*피라칸사스나무 : 낮은 울타리용으로 콩알 만한 열매가 많이 달
  려 있음(새들의 먹이).

까치둥지

높은 나뭇가지에 야무지게
집 한 채 지어져 있다
자갈밭이라도 요즘 땅값이
예사가 아님을 안 까치가
땅 주인과의 협상으로
무상 임대를 받았나 보다
설계 도면이며
장비 하나 없이
그림같이 지어진 집
하늘 가까워 좋겠다
부정부패로 얼룩진
사람 키보다 높아
가슴 후련하여 좋겠다
봄이면 꽃향기 속에
가을이면
곱게 물든 단풍 속에!
극락, 천당 그보다 좋겠다
나, 저렇게
남은 인생 즐길 수 없을까.

아름다움의 속내

아름다울수록 더 깊이 감춰진 속내
그런 꽃을 보셨나요
그런 식물을 보셨나요
그런 사람들은 보셨나요
모르겠다구요
아직도 꿈을 꾸고 계시는군요
깨어나시면 뒤늦게
감춰진 것들을 서서히 보시게 되겠지요
가시나 벌레 같은 건 몰라도
유독성 가스라면 큰일이죠

아름다움에 너무 반하지 마세요
겉보기엔 흉측해 보여도
밤송이를 까 보세요
희끄무레한 군고구마를 벗겨 보서요
울퉁불퉁한 땅콩껍질을 한 번 까 보세요

나도 몇 번쯤은 겉만 보고 접근했다가
심한 알레르기로 고생 꽤나 했었죠
겉이 아름다울수록 살얼음판을 걷듯이
조심하시라니까요.

옥잠화

갸름한 얼굴에 살갗을 백옥보다
하얗게 키운 꽃을
여름 한동안 뜨겁도록 애원하던
해에게 보내놓고
쓸쓸히 가을 모서리에 앉아
잠 못 이루는 옥잠화 이파리

어미의 눈물은 타 내리지 않고
모두가 저렇게 방울로 맺히나 봐
남은 가을 다 타고 나면
허전한 가슴 안고 어디로 가나
누굴 위한 기도인지
아침 햇살을 향한 저 간절함.

산山, 이사 가다

이삿짐센터에 연락하지 않아도
포크레인이 앞장서서
대형 트럭을 떼거리로 불러다가
쉴 새 없이 짐을 퍼 올린다
살림살이 종류는 단순하지만
같은 것이 워낙 많아
큰 산은 몇 년 동안 이사를 한다
로마에 가면 로마식을 따른다고
옮겨진 짐들은 산이 아니라
갯가에 왔으니 갯가가 되고
처음의 갯가는 차례대로 딱지를 뗀
갯가들과 나란히 매립지로 변하여
활용 가치의 순서를 가다리지만
재수 없게 나중에 실려 온 짐들은
영원한 갯가가 되어 눈코 뜰 새 없이
파도와 싸우며 살다가, 죽어서야
개펄이 되어 고향을 노래한다.

생태 파괴

나 죽어 태초의 자연이 원래대로
되살아난다면
나는 사람으로 다시 태어나리라
솔잎 하나만 먹어도 하루를 사는
신기루가 되어
자연 속을 옮겨 다니며
그들과 함께 춤추며 노래하리라

과학과 편리를 앞세운 인간들의
비정하고 사악한 시대가 끝나면
풀 같은 두뇌로 다시 태어나리라

가옥이며 가재도구가 필요 없고
옷이며, 약물이며, 자동차, 통신
비아그라나 콘돔이 필요 없는
오로지 알몸살이

탄생에서 죽음에 이르기까지
삼매의 삶을 실컷 누리다가
죽을 때는
솔잎으로 연명한 은혜에 감사
소나무 곁에서 고이 삭아 주리라.

제4부 _ 바람의 무전여행

산을 오르며

정상은 아무래도 하늘이 가깝기로
별들이 빛을 내리면
그리움 하나 높이 매달기 위해
체질에 버거운 산을 오른다

그녀와 거닐던 길에만 익숙했던
탓인지
험준한 낯선 산길에 서먹서먹
주눅 든 산행 길

그녀가 죽은 양
마치 지옥으로 가는 길인 양
아름다운 것이라곤
보이지도 들리지도 않는 돌밭 길

정상에서 내려다보이는 산은
이빨을 악다문 바위들과
악다물다 사태가 난 자갈들과
자갈 사이로 이를 악다문 잡목들

나이테가 쇠퇴된 나무들 몇몇이

정신없이 서 있는 나를 겨냥
온몸으로 거센 바람을 일으켜
하산이 싫으면 사지를 찢겠단다

뽑아가고 주워가고 캐어가고
잘려서 속살까지 멍든 산
나를 흉악범으로 착각하는지
치를 떨어대는 잡목 이파리

조금 후면 별빛이 내릴 시간
오인으로 내쫓기는
내 그리움보다 앞서
싸늘하게 식어가는 산, 산이여!

고향에서

고향은 항상 한 곳에 머물러도
찾아오면 올수록 모호한 고향
돌부리 박힌 흙길은
숨구멍 하나 없는 포장 속에서
오열을 토하고
달과 햇빛의 길이마저 잘라 먹는
우후죽순 잿빛 건물들하며
올 때마다 줄어드는 별들의 숫자

바다 속은 반쯤 썩은 내 속과 같고
먼발치 옛 동무들
자갈밭에 금싸라기 쑥쑥 자라
반질대는 얼굴에 쩍 벌어진 가슴

정부 정책으로 집단 이주시켰다는
보도 한 번 접한 적 없는데 새들과
곤충들과 희귀식물들
뿔뿔이 흩어져 어디로 갔단 말인가

등골을 마구 밟아 살점이 찢겨나가도
말이 없는 산

내장 속에 들어 있는 값진 보석들을
꺼내가도, 그저 말없이 장승처럼 서서
고향을 지키는 산들이여!
그대들이 아니면 나 여기 뭣 하러 오랴.

가을날의 강변

강가에 늘어선 갈대들의 행렬과
둑길 아래 펼쳐진 코스모스 무리에
발걸음 멎어 느낌표가 된 나는
바로 그 느낌표의 사명을 다하기 위해
위험한 철길에 그림자까지 내던졌다

갈대꽃의 영혼이
뒷걸음질을 모르는 강물의 자존 위에
편안하게 누워 길을 떠나는 걸 보면
꽃이 되기 이전부터 다음 세상으로
가는 길을 익혀 두었나 보다
남아 있는 갈대들의 현을 타는 곡소리는
바람과 함께 이내 수그러들고

펼쳐진 노을 아래서
팡파르라도 울릴 듯한 기세로 한껏
고조된 코스모스들의 대향연
철길에 내던졌던 그림자는 열차에 치어
혈흔 한 곳 보이지 않지만
갈대꽃의 아름다운 떠남과 코스모스
꽃들이 그들의 떠남을 축제로 전송함에
죽음은 곧 부활을 위한 산고産苦여라.

바람의 무전여행

체신청 건물 앞을 지나다가 깃대에 달린
기를 펴는 순간
대한민국, 혹은 코리아를 알고 있음인지
태극기 앞에서 경건해지는 바람
빼놓지 않는 묵념

정취가 물씬 묻어나는
하나둘도 아닌, 거리의 낙엽들을 불러 모아
일행이 되어 사라지는 뒷모습
저들은 언어 대신 몸짓으로 얘기하며
새로운 여행을 맛보리라

평생 나뭇가지에만 붙어살았던 낙엽들과
마냥 홀로 떠돌기만 했던 바람
그들은 지금 영도다리를 지나, 끝없이 펼쳐진
망망대해를 발견
이미 꿈과 희망의 대장정에 돛을 달고 있으리.

대자연의 섹스

뼈와 창자와 털과 성기가 따로 없는 희한한
몸을 가진 바다
풍선처럼 떠 있는 태양을 낚아채지 못해
점심은 습관적으로 건너뛰고
아침저녁 물에 빠진 태양의 피만 빨아먹고도
포동포동 죽지 않는 불멸의 바다

바다와 하늘 어느 쪽도
특별나게 돌출된 부분이나 구멍 난 곳이라곤
전혀 찾아볼 수 없는 밋밋한 알몸인 그들이
죽을 판, 살 판
빨아대고 비벼댈 때마다 연신 쏟아내는
분비물을 허옇게 뒤집어쓴 채 몸살 앓는 해변

시원찮은 성기로 덤벼들었다가 망신만 당하느니
변강쇠와 옹녀가 내질러놓은 새끼들이나 잡자며
무지무지한 자궁에다 그물 잔뜩 쳐놓고
갑판 위에 퍼질고 앉아 소주잔을 기울이는
고개 숙인 어부들— 어부들이여!
잡아 올린 DNA를 산 채로 삼켜 고개 좀 들려무나.

2011년 일본 대지진

무턱대고 덤벼들 때 알았다
무턱대고 이기려 할 때 알았다
무턱대고 짓밟을 때 알았다
땅
바다
하늘
이젠, 독도까지 노리고 있으니.

개문발차 開門發車

지하철 해운대역에서 2호선을 타고
좌석에 앉았다
맞은편 좌석에 앉아있는 여인이
힐끔힐끔 이쪽을 심심찮게 쳐다본다
시선의 각도를 논하자면 대략 45도

서면역에서 1호선을 갈아타고 다시
운 좋게 좌석에 앉았다
일행인 듯한 두 여인이 맞은편에 앉아
가끔씩 번갈아가며 2호선 여자처럼
시선의 각도를 그대로 맞춘다

내가 내린 중앙동역에서 열차의 문이
막 닫히는 순간, 계단 중간쯤 내려오다
열차를 떨군 사나이
머쓱해 하며 헛것을 보았는지
냅다 뱉는 소리, 문이 열렸다나

우체국 사서함에서 우편물을 꺼내 들고
나오는 길에 화장실에 들러
소변기 앞에 서서 지퍼를 내리려는 순간

문은 이미 해운대역에서부터 열려 있었다
안쪽 비상문 진땀 흘렸겠다.

별들의 마을

모두가 빈집 같은 마을에
누가 있어 밤마다 저 많은
깜박등에 불을 밝히나

저토록 힘들게 켜 놓고
지상과의 억 광년 사이
무주 허공에서 뭘 하자나

떡고물처럼 빨려들 듯한
왜소한 별
무너지는 달이 애달프다

마루 끝에 나앉아
깜박등을 헤아리던 아이들
다 늙어 벌써 지고, 또 지고

별들에게 묻나니
탄생에서 죽음까지
우리들의 초병으로 섰느냐.

진진욱 제5시집　〉〉

가문 날

구름 한 점 호수에 왔다가
간 데 없는 거울에
제 얼굴 한 번 못보고

물기 없는 호수에
화냥질하는 잠자리 떼만
해 지는 줄 모른다.

나는 자연이지 개가 아니다

빵을 먹기 위한 노력 아닌가
하루 셋의 빵을 구하기 위해
아니, 하루 세끼 배를 채우기 위해
움직이는 것 아닌가
단순한 진리를 무시
당신은 왜
스스로 자신을 학대하고 있는가
세계가 하나같이 미쳐 날뛰는가
인구 1인당
정신병원 의사가 하나씩 매달려도
진전 없을 난치병

빵 셋과 원자탄의 관계
빵 셋과 인종의 관계
빵 셋과 명예의 관계는 무엇이며
자연을 자연스럽게 두지 못하는
빵과 과학은 또 어떤 관계며
우리가 자연이며 자연은 자연끼리
암암리 소통되고 있는데
정신 나간 과학자들이여!
우리를 자연에서 끌어내어
개 끌듯 끌고 어디로 가려 함이냐.

빈부격차

가슴에 눈물이 괴여 있지 않은 사람은
물 마른 우물과 같다
마른 우물이 늘어나는 금세기
우리들의 발등에 떨어진 불은
오아시스를 굴착하는 일
이대로 간다면 논바닥처럼 갈라질
가진 자者와 못 가진 자者의 대분열

착공에는 문제가 없다
가슴만 열면 일시에 끝낼 수 있는
누구나 가진
생각
생각 하나면 기술과 자재와 장비 없이
다 같이 오아시스에 둘러앉아
샴페인을 터뜨릴 수 있다.

알레르기 삶

알레르기 세상에
알레르기 체질을 가진 나는
순전히 알레르기 식으로 산다

꺼칠한 세상
꺼칠한 체질
꺼칠꺼칠한 삶을 어쩌랴

근지러울 때
근지러울 수 있다는 사실
근지러움 그 하나가 유일한 행복

알레르기 식으로 살지 않으면
알레르기를 증오하다
알레르기에 압사 당할 수밖에

근지러울 땐 빡빡 긁어야 해
긁지 않으면 미쳐야 하니까
긁다 보면 썩은 피도 방출되거든.

외갓집 가는 길

그래 그래 다리 아프제
언자 산 하나만 더 넘어서모
너거 외갓집인기라

올 때는 마
너거 외할매 방구 한 방이모
니캉 내캉 횡 날라 오는기라.

묘한 인연

나는 나를 항상 못마땅하게 생각하면서도
세상 누구보다 가장 가까이하고 있습니다
때로는 보기 싫도록 미워
길바닥에 내동댕이치고 싶을 때도 있지만
슬플 때나 기쁠 때나
나를 챙겨주는 건 역시 나밖에 없으니까요
우리는 주로 거친 바다를 누비는 편인데
종종 돛과 키(舵)가 다투는 바람에
배 전체가 뒤틀릴 때가 많아요
멍이 들 만큼 싸운 밤에도
한 이불을 덮고 자야 하기에 어쩌겠어요
이름도 같이 손발도 같이 쓰는 사이에
미친 척 서로 사랑할 도리밖에는요.

순리順理

형형색색 아름답기 그지없는 가을 산
이내 곧 허물어질 것이라 생각하니
허망하기 이를 데 없더니만
햐!
이제 겨우 철이 드나 보다
사라지는 것도 아름다운 일

개울물에 비친 내 모습 유심히 들여다보니
나 또한 한창 물들어 가는 가을 산
햐!
아름다움의 절정은 저승 쪽에 있나 보다.

결별

난 뭍으로 오를 수 없는
진종일 몸부림치다
제 풀에 쓰러지는 바다

그대는 나의 수역에
그림자만 살짝 들이대다
돌아서는 산그늘

그대 내려서지 않는다면
나는 적조赤潮에 물들어
두고두고 신음할 수밖에.

나는 집주인 시(詩)는 세입자

덜컹대는 문짝에
못질 하나 할 수 없는 벽
옷장에는 습기가 암울하게 자리잡아
무슨 뱃심으로 세를 놓았냐고
주인 노릇 똑바로 하라고

알아, 알아. 자네 말이 맞아
이색적인 기풍에
들끓는 감정을 내가 알아
그런 자네를 볼 때마다
나도 항상 마음 아파하고 있어
오늘은 밤을 새워 고쳐볼 맘이네.

화산火山 같은 사건들

매일같이 해 하나 달 하나씩 잡아먹더니
내 그럴 줄 알았지
무덤 속에 든 것까지 가릴 것 없이 삭혀대더니
내 그럴 줄 알았어

이날까지 용케도 살아있는 난 옆구리 터진
쪽박을 부적처럼 차고 있는 탓이지
내일도 사방에서 온갖 것들이 폭발하여
내 막힌 혈관 시원스레 뚫어주길 바란다.

제5부 _ 빛을 거부하는 이유

거룩한 이별

꽃은 열매를 위해
상처를 가슴에 안고 나무와 이별합니다

구름은 목마른 자를 위해
빗물이 되어 하늘과 생이별을 합니다

부모는 자식을 위해 청춘도 모자라서
백발까지 바치며 자신과도 이별합니다

육순의 아이 길가다 넘어질까 봐
팔순의 노모 마음 편할 날이 없습니다.

진진욱 제5시집

쑥뜸

삶과 세월이 몰고 가는 수레바퀴에 치여
쑥대밭이 된 오장육부
오장육부 한복판에 천사 같은 간호사가
아랫도리 윗도리 약간씩 까 올리고 까 내리고
또 다른 쑥대밭을 옮겨 와
불을 지른 모양인데 불기운보다 더 빠른 것은
급속도로 퍼지는 천사의 그 무엇
쑥대밭과 쑥대밭 사이에서 그녀와의 통정은
짜릿하게 끝이 나고
이왕지사 버려진 운명 오장육부나 건져 놓자며
살신성인, 제 몸 사르기 가속도
남은 진액 다 쏟아 붓고 재 한 줌 남긴 채
모락모락 사라져 가는 쑥대 혼
혼에서 묻어나는 향이 생사의 경계를 지운다.

토취장

어미 품에 안기어
포동포동 신록으로 살쪄가던
아가야
너를 잃고 기절한
네 엄마 곁에 서서
나도 그렇게 부르기를 한참
산
산
내 가엾은

눈물인 양 주루룩
포크레인이 빨다 남은 네
뼛조각마다에.

궁금증

밤하늘에는
마침표들이 왜 저다지 많을꼬
지상에는
느낌표들이 왜 이다지 많으며
이 마음엔
물음표들이 왜 가득 들앉았고.

태양, 강물 그리고 나

너는 하늘을 걷고 나는 땅으로 걸어
우리가 새벽부터 초저녁까지
걸어온 건 똑 같지 않은가
걸어온 뒤안길을 보노라면 글쎄
금싸라기 수두룩 깔린 너와는 달리
나는 내 그림자마저 잿더미에 묻혀
이게 어디 말이나 되나

너는 물길을 따라 나는 인생길을 따라
우리가 쉬지 않고 흘러온 건
자명한 일이 아닌가
이쯤에서 서로의 모습을 보노라면
변함없이 요동치는 너와는 달리
느슨한 맥박, 조여드는 숨길임에
이게 대체 말이나 될 법한가

쓰러지는 날까지 포기하지 않으마
패자로 낙인찍기 이전에
도전장을 받아라
사막이고 밀림이고 들이닥치는 대로
도전해 주마

이마에 두른 띠, 아느냐
이것이 접어둔 필승의 깃발인 줄.

>>> 비에 젖은 40계단

쓰레기의 운명

장송곡이 울려 퍼지는 새벽 골목
대문 밖에서 떨고 있던 사체 봉지들이
청소차에 옮겨진다

누굴 위해 태어나
누굴 위해 죽어야만 하는지에 대한
못다 푼 의문
찢어진 유서처럼 흘러놓고

존재가 말소된 텅 빈 골목에서
취하지 않고는 떠날 수 없다며
초상술을 들이키던 아침해가 그들의
혼을 거둬 장도에 오른다

집집마다 새어나오는 주방의 불빛들
불빛은 하나같이 핏빛이다
아예 체념을 했겠지, 아무 쪽에서도
비명소리는 들리지 않는다

살벌한 이 땅에도 천사가 있었던가
나의 살던 고향은 꽃피는 산골…

어디선가 들려오는 피아노 소리
잘 가거라 영혼들이여 꽃 대궐 향해.

빛을 거부하는 이유

빛이 없는 세상이 그립다
까만 천을 둘러쓴
시루 속, 콩나물 같은 세상이 그립다
부자와 가난뱅이가 따로 있지 않고
정의와 불의가 따로 있지 않고
밥과 반찬이 따로 없는 세상
비밀이 없고
귀천이 없고
꿈과 희망과 사랑이 없어도 사는 세상
노란 대가리에
하얗고 긴 몸뚱이 하나로
두려움을 모르고 살아가는 콩나물 세상
까만 하늘에서 수시로 물이 뿌려지면
그걸로써 나눠 먹고
그걸로써 기분 좋은
그걸로써 생사를 초월하는 세상
그 세상살이가 그리워 빛을 거부한다.

위험한 내성격耐性格

난발성亂發性 외부를 주시하며
뇌 깊숙한 벙커에서
출동 명령을 기다리는 세포들
상황판 기록에
외출 없음
환자 없음
현재 출동준비 완료

침묵의 깊이만큼
견고하게 길들여진 내성은 마치
굶주린 호랑이
지대공 미사일
클래식 즐기다가도
불같이 일어나 안전핀을 뽑는다.

가난과 시인

가난이여
너와 내가 계속 한 솥 밥을 먹다가는
다리 밑에도 발붙일 데 없어
얼어 죽기 십상임에
너는 너대로 살거라
나는 나대로 살란다.

장미와 아이들

초등학교 높고 긴 화단을 무대로
K-POP처럼 수많은 눈길을 끌며
5월의 축제를 펼치고 있던 장미들
횡단보도 3색 조명등들이
이곳저곳서 아직도 현란한데
긴 시간 너무 벅찬 몸짓이었는지
6월 들어
그들은 무대 뒷벽에 기댄 채
하나 둘
기절에서 주검으로 변신해 가고
내달리는 차량 바퀴에
꽃의 윤기와 향기마저 짓뭉개져
썰렁한 무대
죽은 자(者)는 말이 없고
산 자(生者)들만이 떠들썩한
초등학교 운동장
아이들아!
화려함은 생명이 짧나니
무조건 순진하라
선생님과 부모님 그리고 형제들을
무대삼아 무한한 꿈을 펼쳐라.

철 띠 두른 한반도

지도를 들여다보면 토끼 한 마리 용케도
고개 빳빳이 치켜들고 물속에 들앉았다
군데군데 싸 놓은 배설물 중
멀리 떠내려간 몇 개를 제외하곤
모두를 하나같이 사리처럼 간직한 채
제주도 마라도 울릉도 독도 등

금속벨트를 허리에 두른 걸 보면 아마도
수놈인가 봐
암놈 같으면 가슴에서 풍기는 젖내음이
아래쪽까지 물씬 풍기고도 남아
그건 그렇고 아무래도 살짝 돌았나 봐

도대체 물속에 앉아 무얼 하려는 걸까
아랫도리는 통통하게 살이 찐 반면
어깻죽지가 축 늘어진 상반신을 보면
폐병이 들었든지 아니면
심장 판막증에라도 걸렸든지
아무래도 윗부분에 문제가 있긴 있어

집중 화살로 인해 중상을 입었으니

그들만 아니었던들 지금쯤 두 다리 뻗고
외고 펴고 대목장에다
일사천리 온 대륙을 누벼대거나
아니면 만리장성 성 안까지
흐드러지게 무궁화 꽃 심어댈 텐데.

벚나무 열매

벚나무 즐비한 산책로
듬성듬성
길바닥에 주저앉아 있는 흑점
주워 먹지 말라는 건가!
더 이상 나아가지 말라는 건가!
자기처럼 그만 살고
숨 거두어 함께 가자는 건가!
달짝지근하면서 쓰디쓴 점

꼭 모두의 운명 같기도 하다
뒤에서도 갑자기 점 하나 뚝
좌우에서도 뚝 뚝
천하가 드러나는 한낮
사방으로 에워싼 이들이 나를
뙤약볕에 세워놓고
묘한 화두로 벌을 내리고 있다.

세월

낮과 밤이 쉴 새 없이
나를 쫓아내려고 음모
나는 지구 밖으로 조금씩
밀려나고 있는 중이지만
괘씸하기는커녕
양 겨드랑이 날개가
자라고 있어 좋다
별 볼거리도 없는 세상
잘 난 놈이나
못 난 놈이나 때가 되면
피할 수 없는 운명
나는 쫓겨남에 있어서
길운이지만
잘 나고 고개 쳐든 놈들
기가 차겠다. 쩔쩔 매겠다.

떠나지 않는 자者에 대하여

진실로 사랑하는 마음을 가진 자者는
한 곳에서 떠나지 않는다
아름다움을 가진 자者도 떠나지 않는다
산을 보라
바다를
하늘을 보라
꽃을 피우는 나무들을 보고
저 푸른 소나무들을 보아라
갔다가도 되돌아오는 노을을 보라

우리는 왜 툭하면 떠나야만 하는가
한 곳에서 참아 견디지 못하고
뒤돌아보지 않고 떠나야만 하는가
우리들에겐 진실한 사랑과
참모습의 아름다움이 없기 때문이다.
사랑!
아름다움!
이 시간 이후, 함부로 들먹이지 말자
우리들의 사랑과 아름다움은 표절이다.

공허

텅 빈 하늘은 싫어
텅 빈 바다는 싫어
텅 빈 내가 더욱 싫어
어디서 무얼 끌어다가
이 공간을 다 메우나
몇몇 날을
물 한 방울 마시지 않아도
솟구치는 눈물
눈물바다가 된 지상을
술 취한 듯
첨벙첨벙 걷기가 싫나니
어디서 무얼 훔쳐다가
그럴듯한 낙원 하나 만드나.

지구의 초토화

대자연이 과학의 힘에 밀려
미역이 미미 역역
바다의 김이 김새고 있다
숭어의 시력이 멀어져 가고
잔챙이들이 괴질에 걸려 자빠진다
태초의 인간들이 살아가던 모습을
어디서 알아내어
파괴된 대자연을 복구해두나
망해빠질 과학
인간들을 이기적으로 변형하여
바보 아닌 바보로 둔갑시킨 괴물
태초의 촌부라도 살아 있다면
원시의 역사를 물어 볼 텐데
신神이 있다 한들 이 지경을 보고
태초의 참 삶을 말해 주겠나
태초의 신神은 우리들을 비웃고 있다
미친 짓들이라고 조롱하고 있다.

운명에 대하여

삐걱거리는 운명에 매일같이
못을 박고 있는 삶
못의 위력도 한계가 있는 법
한 번 삐걱거리기 시작하면
되돌려 놓을 수 없는 참담함

삭은 나무에 못을 박기란
썩은 새끼줄에 목을 매는 일
흐르는 삶은 못 본 척하고
벽시계의 초침소리에 모든 걸
맡겨 버리자

어김없이 돌고 있는 3박자
리듬에 맞춰 숨을 쉬다 보면
눈에 안 보이는 세계가 있고
삶이 있고
고요히 흐르는 운명이 있다.

노을 지는 해변

석양의 불꽃이 바다에 떨어져 물불이 났다
물불을 피하여 전속력을 내는 배들
아래 위에서 불이 붙었으니
가운데 있는 내가 온전할 수 있겠나
속죄의 순간!
추억이 달아오르면서 숨이 몹시 차다
이 전쟁 아닌 전쟁터에서 죽지 않고
살아남으려면 어디론가 숨어야지
멀리서 날아온 화살 하나가 내 가슴에
기차게 명중한다
과거에서 현재로 날아온 불화살
오직 기회만을 노려 수십 년을 달군

40여 년 전만 해도 똑같은 전쟁터에서
숙이와 나는 불길 속으로 뛰어 들었다
그 사랑에 놀라 불들이 도망치고 말았지
우리끼리 불붙은 입술을 비벼대는 사이
난데없이 검은 여신女神들이 몰려와
우리 둘을 갈라놓았다
그때 나의 손목을 놓친 그녀는 아직도
행방이 묘연
요즘 들어 매일같이 불화살이 날아든다.

제6부 _ 무소불위의 세월

빨래집게/ 가을 조반/ 말(言) 말말말말
얼간이 인생/ 유년 이야기/ 빈곤의 특권/ 동반자
지하에 잠든 자들에게/ 달에게/ 행복 만들기
세월은 한 번 가면 돌아오지 않는다/ 세월은 대팻날
소망/ 설매화 필 때쯤이면/ 저승 가다 되돌아오다
무소불위의 세월/ 세상사/ 토네이도

빨래집게

길은 외줄
그마저 없다면 이유도 없겠지만
이유를 더 이유 되게 나를 악다물고 있는
너는 족쇄보다 무서운 존재

보아라
너에게 잡혀 추락도 상승도 못하는 나를
강도 높은 표백제를 풀어
모순을 분해하고
정전기 방지액으로 마지막
탈수까지 한 나를

네가 나를 미완성으로 결속한 데 대해
하늘은 여백을 두고도
낙관을 찍지 않는 이유를 알아라

지천에 깔린 것이 공기, 그러나
숨이 차다, 빛은 오히려 시력을 강타하고
한 줄기 소나비에도 여전히 목은 탄다

기다리는 수밖에

땅거미가 지면 집게의 근육이 풀어질 것이다
천지신명이 아니더라도 해방은 될 것이고
남은 구김살에 다림질이 끝나면
나는 자투리 길을 따라 계속 포복할 것이다.

가을 조반朝飯

밥은 진작에 끓어
뜸 들기
한창

아궁이의 불길 사리舍利로 지고
부뚜막 귀뚜리
가을의 찬가

비늘 치고 먹따고
새벽바다 쓸어온 어부
수돗가에 앉아서

꿩 대신 매
도마 주위를 맴도는
쥐 떨군 암고양이.

말(言) 말말말말

유학을 갈까 보다
사람이 쓰는 말은 이제 신물 나
아프리카 밀림 속이나 가까이는
방목장으로

한 가지 언어로도
못 통할 리 없는 표현
저 자유분방한 곳으로 가
점찍는 법이나 배울까 보다

사람의 말을 배운다는 건
사람 잡는 덫을 생산하는 일
땅을 갉아먹는 일
하늘에 구멍 내는 일

짹,짹,짹짹.짹,짹짹,짹
꿀꿀꿀.꿀꿀.꿀,꿀,꿀,꿀
꼬꼬,꼬꼬,꼬.꼬꼬꼬꼬
맴.맴.맴.맴맴맴,맴.맴맴맴

얼간이 인생

우리 아버지 한 번의 사정射精으로
반쪽짜리 수많은 대원들
난소를 향해 앞 다투어 달렸네

우리 어머니 난소에서 가장 뛰어난
반쪽짜리 난자께서 마중 나와
일행들 다 물리치시고 나만이 선택

반쪽짜리 둘, 한 몸 되어
뱃속 세상에서
천지도 모르고 먹고 자고를 반복

천 년쯤 살다 나온 기분으로 사자후
넓은 세상 나와 알아보니 겨우 열 달
자궁 안이 컴컴해 알 수가 없었지

처음부터 얼간이처럼 기어 다니다가
얼간이가 되어 보낸 한세월, 이젠
진짜 얼간이가 되어 붙들려 갈 처지.

유년 이야기

내 살던 포구에서 조금 떨어진
그리 멀지도 않은 바다에
소나무 잔뜩 우거진
섬 하나 있었지
섬은 온통 학들이, 공화국
하나 재건하여 하얗게 살고 있었다
내가 무엇이 되겠다고 첫 꿈을
펼치게 된 동기도 그렇고
평화가 무언지 알게 된 동기도
그들로부터 알게 된 것이다
세월이 흐를수록
그들은 언제나 변함이 없었고
나는 별다른 이유도 없이 갈수록
가난과 싸워야만 했다
아침 햇살이 퍼지면 섬은 언제나
눈이 부셨고
내가 가는 길은 그림자가 앞섰다
아버지의 통통배 역시
만선의 깃발을 달아본 적이 없었고
검은 깃발만 배를 감싸고 다녔다.

빈곤의 특권

태양이 서쪽 바다에 빠지자마자
천지는 온통 검은 안개뿐이다
농촌에는 별이 하늘에 있지만
도시는 별이 길거리에 난무하다
간혹 들리는 야간열차 소리는
도시의 빈민들을 슬프게 한다
별을 보고 나갔다가
별을 보며 귀가하는 사람들
야간열차 소리에 축 처진 어깨가
옆구리에까지 처져 내린다
삶이 뭔지 답안지를 볼 틈도 없이
쫓기듯 살아가는 사람들
방 하나에
다섯 식구가 사는 빈민들과
방 다섯에 셋이 사는 거부들이
우리들을 더욱 슬프게 한다
약삭빠른 사람들은 항상 앞줄에 서고
어진 이는 항상 뒷줄에 밀리는 세상
그렇다, 가난과 부자를 따지기 전에
남보다 먼저 별을 볼 수 있다는 특권
이 특권만큼은 뺏기지 않으려고

새벽이면 늘어질 대로 늘어진 몸을
억지로 일으켜, 물 한 사발 마시고
대문을 나서며 낯익은 별들을 바라본다.

137

동반자

그는 일생 동안 앞서거니
뒤서거니, 아주 귀찮게 따라 다닌다
남의 발에 밟혀도 성 한번 내지 않는
미련한 그림자
의리는 있다, 일생을 같이 다니면서
볼 것, 못 볼 것
나에 대한 모든 것을 알면서도
절대로 남에게 일러바치지 않으니까
빛이 없는 곳에서는 얼씬도 않지만
빛만 있으면 귀신처럼 나타난다
일생의 반은 외로운 나의 인생살이
그 반에 반만큼 외로움도 덜어준다
홀로 살아가는 나에게 있어서
조강지처 같기도 한
내가 넘어져도 따라 넘어지고
절룩거려도 같이 절룩거려 주는,
그러기에 밤에도 불을 켜놓고 잔다
그와 함께 동침하기 위하여.

지하에 잠든 자들에게

땅 속에 잠든 자들이여, 일어나라
양 날이 예리한 겨울도 가고
이제 무슨 두려움이 있겠는가
자박 자박
봄이 익는 소리 들리지 않느냐
솔솔 봄 향기, 배어들지 않느냐
나무들마다
두레박질 분주하고
천진난만한 아이들 모여
봄 한창 즐기나니
일어나라, 일어나!
굳은 몸 벌떡 일으켜 세워 보렴.

달에게

달아, 달아
반쪽 달아!
나도 반쪽
너도 반쪽
우리가 합치면 하나가 되겠다만
너와 나 너무 멀어
이별보다 한참 멀어
합할 수가 없으니
나만이 지상에서 발 동동 구르네.

행복 만들기

농부는 논밭을 일구느라 땀 흘리고
어부는 고기잡이에 땀 흘리고
정치꾼들은 정치놀음에 땀 흘리고
개중에는 어중이떠중이들이
뻘 구덩이에 빠져
헤어나지 못하지만
나는 오늘도 천상에 오를
엘리베이터를 만드느라
잠 잘, 시간도 빠듯하다.

세월은 한 번 가면 돌아오지 않는다

버스는 앞으로 달리고
세월은 자꾸만 뒤로 달린다
버스도 필요하고
세월도 필요한 나는 어느 장단에 맞춰야 할지

비행기를 타도 어머니 아버지가 타신 세월을
따라잡기란 역부족
세월에 할퀸 노부부의 주름살이, 날더러
따라오면 안 된다고 손을 흔든다

나를 더욱 슬프게 하는 것은
주름살마다의 까뭇까뭇한 이끼들과 날이 갈수록
굽어지는 등줄기
가실 때 함께 갈 수 있다면 얼마나 좋으랴

사람과 버스와 세월이 제자리걸음을 하는
전설 같은 세상이 있으니
아버지, 어머니!
코앞의 백수白壽, 건강하게만 지내세요.

세월은 대팻날

대패 같은 세월은
내 인생을 맛있게 깎아 먹는다
어디 나뿐이랴

세상
조물주가 만든 온갖 것들을
깎아 먹는다

세월이 쥔 날카로운 대패
여기에 걸리면
아무도 살아남지 못한다

대패를 피해 다니는 달을 보며
침을 삼킨다
새살 차오르는 모습이 부러워.

소망

밤새도록 대장간은
고요하기만 했는데
새벽녘 난데없이
이글이글 불덩이 하나
대장장이 몰래
하늘로 기어오른다.

설매화 필 때쯤이면
― 손녀 채은이를 그리며

설매화 소식 안고
열 달을 달려 왔구나
마음은 관음보살
모습은 선녀

할애비와
떨어져 살더라도
설매화 필 무렵이면
네 생각나겠구나.

저승 가다 되돌아오다

그날따라 준령峻嶺을 스칠 때, 아침부터
실바람에 첫눈이 날리던 화악산 산악도로山岳道路
최전선에서 반품된 낡은 폭발물을 싣고
짐칸 꼭대기에 앉아 추위에 떨며
군용차량은 드디어 신포리에 도착했다.

사방으로 산들이 첩첩이 둘러싸인 신포리
수많은 창고 중 해당 폭발물을 옮긴 곳에는
이른 오후인데도 해가 넘어가 몹시 추웠다
추위를 피해 창고 안으로 피신한 동료와 나,
동료의 실수로 수류탄 뇌관이 코앞에서 터졌다

때 묻고 색 바랜 군복 차림의 두 사나이
순식간에 피투성이가 되어 나뒹굴어졌다
그 영점의 찰나에 육신을 벗어난 나의 혼
검정색 새 양복 차림으로 안개의 나라로
수직 상승하는 나

천지가 분별없고 사물이 따로 없으며
생각 또한, 따로 없는 저승 행行 나들이
삼매경이 어쩌니 저쩌니 말이 필요 없는 곳
한참을 오르던 중, 멀리서 저승사자가 나타나
나를 밀어냈다. 그립다 그곳이 님보다 그립다.

무소불위無所不爲의 세월

세월이 가는 길에 장애물은 없나 보다
엇갈리게 솟은 사슴의 뿔이며
수많은 건물 꼭대기의 첨탑에 찔려도
피 한 방울 흘리지 않고
쌍끌이 어망마저 투항하게 하는
영생불멸의 괴상한 요물
벌겋게 달군 철판으로도 막아 보란다
머리에서 발끝까지 도대체 얼마나 긴지
석가모니도 예수도 짐작한 적 없을 터
깨달은 바 없는 내가 감히
맨주먹으로 그를 잡겠다고 노리다니
바람만 살짝 스쳐도 느낌을 아는
몸의 어떤 부분도 그를 감지 못한다
호랑이들은 곶감을 무서워한다는데
세월에게 무서운 것이 뭐가 있을까?
태아에서부터 오늘에 이르기까지
나의 거동을 살피고 있음이 아무래도
심상찮거든
오늘밤이라도 그의 비늘 속에 나를
영영 가두어 버릴 것만 같은 예감 말이지.

147

세상사

발밑으로는 꽃들을
머리에는 별을 꽂고
부러우리만큼 시선을 독차지하던 하늘도
때로는 가슴 칠 때가 있나 보다
발목 잠기도록 눈물 쏟을 때가 있나 보다

허기사 세상 잊은 듯
연꽃을 입에 물고 배시시 웃고 있는 연못도
가만 가만 그 내력을 알고 보면
도려낼 수 없는 뻘 투성이 상처를
운명처럼 안고 있지 않던가.

토네이도

나는 너를 찾아 헤매이는데
너는 나를 피해 다니는구나
헐값에도 안 팔리는 흙먼지
무엇에 쓸려고
기둥뿌리까지 뽑느냐
괜한 일, 꼭 미친 것 같구나
그 거대한 힘으로
나를 옮겨 보아라
그 어마어마한 몸집으로
나를 저 하늘 푸른 별 밭에
콩 심듯 심어 보아라
나를 별이 되게 하여
지상에 다리를 뻗게 해 봐라
그리운 자들의 눈물을
닦아낼 수 있도록 해 봐라.

詩에너지의 서정적 '파워' 형성 미학
– 진진욱 시집《비에 젖은 40계단》의 시세계

홍윤기

일본 센슈대학 대학원 국문학과 문학박사(시문학)
국제뇌교육종합대학원대학교 국학과 석좌교수
(사)한국문인협회 고문, 국제펜클럽한국본부 고문

시인에게서 詩에너지의 '파워', 즉 '詩힘'이 그의 눈에 보일 때, 바로 그 '모멘트'(moment)에 비로소 시작업詩作業이 성공하고 있음을 직감하게 된다.

그러한 견지에서 진진욱 제5시집《비에 젖은 40계단》의 원고 뭉치를 몇 번 거듭 읽었다. 최남선(崔南善, 1890~1957)의 〈해海에게서 소년에게〉(1908) 이래 한국 현대시는 2011년 현재로서 103년을 맞고 있기에 이제는 우리 것에 대한 새로운 시세계 개척이 바람직하다는 느낌 또한 커진다. 그동안 많은 시인들이 배출되면서 한국시는 발전되어 왔다.

그러나 시의 표현 수법을 '이야기화化' 시켰던 것은 고찰해 볼 필요성을 느낀다. 필자는 항상 노래로서의 시가 정도正道라는 것을 강조하면서 바람직한 우리 것의 새로운 노래가 제시된 작품을 기대하고 있는 실정이다.

이제 진진욱 시작품을 한 편씩 검토하기로 한다.

길은 외줄
그마저 없다면 이유도 없겠지만
이유를 더 이유 되게 나를 악다물고 있는
너는 족쇄보다 무서운 존재

보아라
너에게 잡혀 추락도 상승도 못하는 나를
강도 높은 표백제를 풀어
모순을 분해하고
정전기 방지액으로 마지막
탈수까지 한 나를

네가 나를 미완성으로 결속한 데 대해
하늘은 여백을 두고도
낙관을 찍지 않는 이유를 알아라

지천에 깔린 것이 공기, 그러나
숨이 차다, 빛은 오히려 시력을 강타하고
한 줄기 소낙비에도 여전히 목은 탄다

기다리는 수밖에
땅거미가 지면 집게의 근육이 풀어질 것이다
천지신명이 아니더라도 해방은 될 것이고

남은 구김살에 다림질이 끝나면
나는 자투리 길을 따라 계속 포복할 것이다.

-〈빨래집게〉 전문

현대시가 지나간 시대를 초극하는 새로운 메시지를 독자에게 안겨줌으로써 새로운 현대시의 활로를 열어가게 되는 것이라면 필자는 요즘 시가 군소리가 많고 설명적인 산문화 경향에 이 작품을 새로이 평가하고도 싶다. 시어로서의 관념어적 경향도 거슬리지 않을 만큼 감칠맛 넘치는 기교적 처리는 시의 콘텐츠 자체를 이미지로써 묘파시키는 솜씨에서 이 작품은 앞으로 많은 독자들에게 다각적으로 평가될 것이다. 시 전편이 새타이어로 풍자처리하는 하이포벌(hyperbole) 수사기법修辭技法 동원이 매우 흥미롭다. 단조로운 것 같은 '빨래집게'를 표제어로써 동원시킨 인생의 족적, 삶의 내면적 의미 등, 소설 시츄에이션을 상호 상관적으로 즐겁게 묘사하여 독자에게 주목받을 만한 작품이다. 어쩌면 이 작품 세계는 잠언적箴言的 알레고리의 메타포가 강한 메시지를 엮고 있어 주목된다.

현대시의 수법은 각양각색이지만 차원 높은 이솝의 페이블(fable, 우화)을 연상시키는 빼어난 메타포가 담겨 있다고 본다. 아무리 좋은 시를 써도 그것을 제대로 평가해 주는 독자가 없다면 시인은 외롭기도 한 것이다. "기다리는 수밖에/ 땅거미가 지면 집게의 근육이 풀어질 것이다/ 천지신명이 아니더라도 해방은 될 것이고/ 남은 구김살에 다림질이 끝나면/ 나는 자투리 길을 따라 계속 포복할 것이다"(마지막 연)에서처럼 생명적 존재 의미는 단순히 시인의 예리한 삶의 진실을 초자아超

自我의 시세계에다 형성시킨 대표작으로 꼽고 싶다. 그렇듯 현대시는 가장 개성적일 때 만인에게 공감되는 명편이 된다. 개성적인 시는 시문학적인 새로운 가치 창출이며 그 이상을 자신의 내부로 받아들여서, 객관적으로 창작 발산하는 눈부신 성과를 거두기 마련이다.

세상에는 지금도 수많은 터널이 뚫어지고
이후에도 이에 못지 않게 뚫어질 것이다
그런 터널들과 내 삶의 터널을 연결한다면
난 여태껏 컴컴한 하수구에 갇혀
영문도 모르고 살고 있는 것이다
그런 까닭에 별 같은 별을 보지 못했음에
나는 지금 죽음의 열차를 타고
어느 간이역에 내릴지도 모른 채 가고 있다
내가 내릴 간이역, 아니
환승역이 불과 몇 코스 남지 않은 것 같다만
지상에서 활보하지 못할 바에야, 흙 속에서
미물들과 함께 서둘러 환승하고 싶다
터널 뚫기 좋아하는 귀족들이여
나의 예언에 침 뱉지 말라
나는 처음 생겨날 때부터 이럴 줄 알고 터널을
택했으니, 나의 예언을 함부로 무시하지 말라.

– 〈떠나는 자의 예언〉 전문

새타이어로 충만된 이 작품은 시인의 기교적인 감각시이다.

시각적, 청각적인 이미지가 이른바 공감각共感覺으로 적층 효과를 형성시키고 있다. 후반부의 역동적인 이미지 구사가 독자에게 무리 없이 어필하고 있다. "내가 내릴 간이역, 아니/ 환승역이 불과 몇 코스 남지 않은 것 같다만/ 지상에서 활보하지 못할 바에야, 흙 속에서/ 미물들과 함께 서둘러 환승하고 싶다/ 터널 뚫기 좋아하는 귀족들이여/ 나의 예언에 침 뱉지 말라/ 나는 처음 생겨날 때부터 이럴 줄 알고 터널을/ 택했으니, 나의 예언을 함부로 무시하지 말라"(후반부)고 전반적으로 절제節制된 시어 구사를 하고 있는 점도 바람직하다. 현대시의 생명력은 이미지(image)의 다양하고 발랄한 전개 과정에서 눈부시게 꽃핀다. 진진욱 시인은 일종의 사회시社會詩로서의 다채로운 인간 삶의 콘텐츠를 심미적 방법으로 이미지화 시키는 솜씨가 자못 독특하고 신선하다. 한국의 수많은 시인들은 이미지가 아닌 스토리(story) 제시를 마치 시인 양 착각하고 '시'가 아닌 '이야기'를 '시' 대신에 시 행간에다 나열하고 있다. '이야기'는 '수필'이나 '소설'에서 다루는 문학적 언어 표현 방법이다. 그러나 진진욱 시인은 이미지의 새롭고 다채로운 표현을 통한 삶의 아픔과 그 심오한 진실을 서정적 저항 의지로써 두드러지게 메타포하고 있는 시인이다.

경상도 아가씨가 밤을 새워 울고 있다
갯바람이 쉴 새 없이 밀어 닥쳐도
못 박힌 듯 수십 년을 떠날 줄 모르고
살점 없는 뼈대로 비스듬히 기대 누워
때로는 울다가 때로는 부서진 순정을

뿌옇게 흩날리기도 하는

아파라 아파라

뭇사람의 발길에 밟히는 그녀보다

그녀의 등을 밟고 오르내려야 하는 내 가슴이

더욱 아파라

살이 찐 저 갈매기는

누구의 소식만 물어 나르는지!

뱃고동 소리에 속뼈까지 축축이 눈물 젖는

사십 계단

내가 대신 그 날 그 사람이 되어줄 수 있다면.

– 〈비에 젖은 40계단〉 전문

〈비에 젖은 40계단〉은 현대시가 이제는 구시대의 진부한 낡은 시적 사고詩的思考의 틀을 과감하게 깨뜨리는 새로운 시의 형상화形象化 양식樣式의 도입이다. 그런 견지에서 이 작품은 성패 여부를 떠나 우선 바람직한 시작업으로 평가하련다. 경상도 아가씨를 현실 속 아픔의 상징적 존재로서 등장시킨 주목할 만한 작품 세계다. 유머 터치라기보다는 트레지디의 강조법이다. "경상도 아가씨가 밤을 새워 울고 있다/ 갯바람이 쉴 새 없이 밀어닥쳐도/ 못 박힌 듯 수십 년을 떠날 줄 모르고/ 살점 없는 뼈대로 비스듬히 기대 누워/ 때로는 울다가 때로는 부서진 순정을/ 뿌옇게 흩날리기도 하는/ 아파라 아파라/ 뭇사람의 발길에 밟히는 그녀보다/ 그녀의 등을 밟고 오르내려야 하는 내 가슴이/ 더욱 아파라"(전반부)는 풍자적 일상어日常語에 의한 이미지의 심층深層 전환轉換 수법이 새롭고, 메타포

(metaphor)의 기교 또한 뛰어나다. 우리는 지난 1960년대 김수영(金洙暎, 1921~1968)의 명시 〈눈〉이며 〈풀〉을 지금도 기억하고 있거니와 레지스트의 저항 의지의 개성적인 시는 시문학적인 새로운 가치며 이상을 자신의 내부로 받아들여서, 객관적으로 창작 발상하는 '초자아'超自我의 시세계이다.

갯바위에 앉아 파도의 이야기를 듣는다
바위에 부딪혀 구성원으로 돌아가지 못하는 물 알갱이는
사람의 임종과 같단다
그들은 죽은 자를 뒤로하고 아무 슬픔 없이 돌아서고
또 다른 파도가 와서 똑같은 장례를 치르고 돌아간단다
나의 바짓가랑이 곳곳에서 물의 주검들이 천도를 기다린다

백사장에 앉아 파도의 이야기를 듣는다
잔잔한 물결끼리 바다에서 연애를 하다가 발정나면
파도가 되어 백사장에 와서 성관계를 한단다
훤히 드러난 정자와 난자들
그것으로 조개의 살이 되고 게와 고동의 살이 된단다
우리는 그런 줄도 모르고 그들 속에 알몸을 들이댔다

파도는 이야기한다 세상살이가 사람과 다름없다고
감정 또한 그렇다고
더러 보아 왔지 않느냐고 물어 온다
하늘과의 쿠데타며 지상과의 쿠데타며 데모 등등
온화할 땐 오히려 사람들보다 낫다며 더듬더듬 얘기를

하다가, 미역과 고기를 줄 테니 오폐수를 흘리지 말란다.

〈바닷가에서〉가 풍기는 레지스트탕트적 저항 의지는 흥미로운 시적 시도다. "갯바위에 앉아 파도의 이야기를 듣는다/ 바위에 부딪혀 구성원으로 돌아가지 못하는 물 알갱이는/ 사람의 임종과 같단다/ 그들은 죽은 자를 뒤로하고 아무 슬픔 없이 돌아서고/ 또 다른 파도가 와서 똑같은 장례를 치르고 돌아간단다/ 나의 바짓가랑이 곳곳에서 물의 주검들이 천도를 기다린다"(첫 연)는 시적 이미지의 콘텐츠에서 필자는 프로이드(Freud, Sigmund, 1856~1939)의 "인간 개인의 개성(퍼스낼리티)에는 3개의 가면假面이 있는데, "자아의 내부에서 선악을 판단해 내는 초자아야말로 참다운 제3의 가면이다"라고 지적했던 논증이 문득 떠올랐다. 누구거나 그와 같은 관점에서 진진욱 시인의 개성적인 시세계에 접근하면 좋을 것 같다.

세상에 있는 모든 것들이 그의 악기이므로
바람은 언제나 어딜 가도 빈 몸, 빈 손이다
문풍지 연주, 만국기 연주, 갈대 연주 등
흥이 나면 날수록 거창한 연주
어찌된 영문인지 거창할수록 박수는 없다
바다와 배가 함께 뒤집히는 해일 소리
기왓장 떨어지는 소리
추락하는 비행기 소리
그렇게 훌륭한 연주에 박수갈채가 없다니

변덕스럽고 이기적인 인간들
연주가 끝나면 순식간에 사라지는 바람
그가 정열적인 연주에 빠져들 때는 인정 사정
피눈물도 모른다
김삿갓처럼 떠도는 그에게 혼쭐나고도
세상살이 답답할 때는 무척 그리워지는 그.

―〈바람의 연주〉 전문

〈바람의 연주〉는 로맨틱한 서정의 순수가치와 그것의 참다운 사회적 공헌이라는 눈부신 순간의 모멘트를 예리하게 포착하여 메타포하고 있다. 여기서 내가 말하는 모멘트라는 것은 끊임 없이 쉬지 않고 움직거리고 있는 운동(인스피레이션, 靈感)이 일으켜 주는 한 순간의 중대한 에너지를 말한다. 이를테면 기다란 작대기의 양쪽을 쥐고 힘껏 굽혀서 꺾을 때, 힘의 압력에 의하여 작대기가 딱하고 부러지는 순간에 우리는 물리적인 힘의 모멘트를 목격할 수 있다. 그와 같은 모멘트는 힘의 크기며 깊이 그리고 너비 등을 단호하게 결정 짓는다. 이것이 시詩의 경우는 시어詩語가 베풀어주는 '신선한 충격'의 크기며 깊이와 너비로써 비유될 수 있다. "세상에 있는 모든 것들이 그의 악기이므로/ 바람은 언제나 어딜 가도 빈 몸, 빈 손이다/ 문풍지 연주, 만국기 연주, 갈대 연주 등/ 흥이 나면 날수록 거창한 연주/ 어찌된 영문인지 거창할수록 박수는 없다/ 바다와 배가 함께 뒤집히는 해일 소리/ 기왓장 떨어지는 소리/ 추락하는 비행기 소리/ 그렇게 훌륭한 연주에 박수갈채가 없다니/ 변덕스럽고 이기적인 인간들/ 연주가 끝나면 순식간에 사라지는 바람"(전반부)이라는 것은 풍유라기보다는 오히려 미구에 인간 사회에의 릴리프(구원)라는 숭고한 정신의 미학을 시문학으로써 성공시키고 있는 일이다. 이 시를 읽은 독자들이 순간적으로 그 즉석에서 수용하는 모멘트의 크기며 깊이와 너비가 얼마나 중요한 것인지 수준급의 독자들은 잘 알고 있을 줄 안다. 그러므로 우리는 진진욱 시인처럼 신선하고 활력 있는 시어만을 잇대어 캐내야 한다.

정상은 아무래도 하늘이 가깝기로
별들이 빛을 내리면
그리움 하나 높이 매달기 위해
체질에 버거운 산을 오른다

그녀와 거닐던 길에만 익숙했던
탓인지
험준한 낯선 산길에 서먹서먹
주눅 든 산행 길

그녀가 죽은 양
마치 지옥으로 가는 길인 양
아름다운 것이라곤
보이지도 들리지도 않는 돌밭 길

정상에서 내려다보이는 산은
이빨을 악다문 바위들과

악다물다 사태가 난 자갈들과
자갈 사이로 이를 악다문 잡목들

나이테가 쇠퇴된 나무들 몇몇이
정신없이 서 있는 나를 겨냥
온몸으로 거센 바람을 일으켜
하산이 싫으면 사지를 찢겠단다

뽑아가고 주워가고 캐어가고
잘려서 속살까지 멍든 산
나를 흉악범으로 착각하는지
치를 떨어대는 잡목 이파리

조금 후면 별빛이 내릴 시간
오인으로 내쫓기는
내 그리움보다 앞서
싸늘하게 식어가는 산, 산이여!

<산을 오르며> 전문

이번에는 서경시로서의 <산을 오르며>도 살펴보았다. "나이
테가 쇠퇴된 나무들 몇몇이/ 정신없이 서 있는 나를 겨냥/ 온
몸으로 거센 바람을 일으켜/ 하산이 싫으면 사지를 찢겠단다"
(제5연)고 여기에도 삶의 아픔이 도사린다. 그 아픔을 슬기롭게
극복할 방법은 없을 것인가고 묻고 싶어진다. 겉으로의 표현
이 아닌 내면 이미지로서의 승화가 바람직하다는 말이다. 서

두에 필자가 지적했듯이 詩에너지의 '파워', 즉 '詩힘'이란 고도의 메타포 표현법이다. 오늘 같은 첨단 과학시대의 시의 소재와 제재題材는 다양하기 마련이다. 그러기에 새로운 현대시의 다채로운 창작물이 등장하는 것은 매우 기쁘다. 시인은 여러 가지 형태의 새로운 시창작법을 시도하기 마련이다. 따라서 시집에서 〈산을 오르며〉도 뽑아 읽으면서 동시에 이 작품은 또한 새로운 시세계의 전개라고 평가하면서 진진욱 시인은 독자에게 현대시의 가능성 제시만으로도 성공할 수 있다라고 말하고 싶다.

호수를 들여다보며 머리를 빗질하고 있는
산이 좋아라

밟혀도 흐느끼지 않고 상처 위에 꽃을 피우는
산이 좋아라

옳은 님 여기에 두고 나 여태 거리에서
헛수고만 하였네

얼마나 애타도록 기다렸으면
아침부터 면사포를 쓰고 나를 반길까

그대 이름이 산이라서 그대 품에 안긴 나도
절로 산이네.

—〈산에게〉 전문

이 작품은 진진욱 시인의 서정적 대표작으로 평가할 만하다. 참으로 참다운 가치 있는 시는 지금까지 다른 시인들이 전혀 다루지 않은 새로운 제재거나 소재의 빛나는 이미지의 신선한 시작업이다. 그것은 곧 한국현대시를 발전시키게 될 것이다.

그와 같은 관점에서 함께 다시 감상해 보자. "호수를 들여다보며 머리를 빗질하고 있는/ 산이 좋아라// 밟혀도 흐느끼지 않고 상처 위에 꽃을 피우는/ 산이 좋아라"(1~2연)는 흠잡을 곳 없는 현대시로서의 이미지(image)가 빼어난 대목이다. 뛰어난 메타포로써 감동적인 표현을 하고 있다. 지금의 영어가 된 이미지(image)는 라틴어의 이마고(imago)가 그 모어이다. 라틴어로서의 이마고는 흉내내기(copy)라는 뜻을 가졌다. 또한 이마고는 영어의 이메진(imagine/ 상상한다)이라는 단어와 이미지네이션(imagination/ 상상/ 상상력)이라는 낱말도 만들어 주었다. 그러므로 시는 마음 속으로부터 떠오른 느낌을 이미지로써 묘사한 시언어의 표현 즉 노래를 말한다. 현대 서정시는 "바로 이것입니다" 하는 해답을 필자는 여기서 쉽사리 파악한 느낌이다. 시를 너무 도식적으로 다룰 때, 시는 넉두리가 된다. 일상을 삶의 현장으로서 상징적 배경으로 설정한 진진욱의 이런 서정시야말로 독자에게 자연스럽게 주목받는다고 본다.

진진욱 시인의 시 전체를 두고 살필 때, 화자는 전적으로 강력한 새타이어(satire)로써 인간의 삶의 양식에 대한 심도 있는 규명을 하는 독특한 시의 표현 수법으로 독자를 압도하고 있다. 활력이 없는 언어 표현은 詩 아닌 다른 모든 문학 작품에서도 그것은 죽은 글이다. 하물며 詩에 있어서랴. 따라서 詩에너지의 '파워', 즉 '詩힘'이 넘치고 있는 시인의 언어는 모두 살아있는 '에너지'를 갖고 있음으로써 그 시의 윤활적인 감성感性의 전달이 부드러우면서도 역동적인 구조 역학적 작용을 하기 마련이다. 스마트폰과 트위터의 첨단 고도산업화 시대의 스피디하고도 번잡한 사회적인 패너메넌(phenomenon/ 현상)은 그 반대급부적 요청으로써 안정된 감각 상황을 적극적으로 수용하려 애쓰기 마련이다. 여기서 우리의 전통적인 온후한 서정적 삶의 사회적 가족사家族史가 새로운 리리시즘의 신선한 시작품은 독자들에게 적응도가 커진다. 안정된 한국적 정서 속 메타포의 아름다움이며, 언어미 속에서 우리가 감동하는 것은 곧 그 시에 대한 독자의 수용과 동시에 삶의 참다운 가치 창출이 아닐 수 없다.

앞으로 진진욱 시인의 더욱 빛나는 시세계의 전개를 기대하련다.

진진욱 제5시집

비에 젖은 40계단

·

지은이 / 진진욱
발행인 / 김재엽
발행처 / **한누리미디어**
디자인 / 지선숙

·

121-840, 서울시 마포구 서교동 395-13 2층
전화 / (02)379-4514, 379-4519
Fax / (02)379-4516
E-mail/hannury2003@hanmail.net

·

신고번호 / 제300-2006-61호
등록일 / 1993. 11. 4

·

초판발행일 / 2011년 8월 8일

·

ⓒ 2011 진진욱 Printed in KOREA

·

값 8,000원

·

※잘못된 책은 바꿔드립니다.
※저자와의 협약으로 인지는 생략합니다.

·

ISBN 978-89-7969-394-2 03810